AF360092

1905 - Décembre - 27

VENTE

Du Mercredi 27 Décembre 1905

HOTEL DROUOT — SALLE N° 7

A 2 HEURES

OBJETS D'ART ET DE CURIOSITÉ

PORCELAINES - JADES

BOIS & IVOIRES SCULPTÉS

BRONZES

Objets de Vitrine

ARGENTERIE - BIJOUX

MEUBLES

M° Gastón **FRANÇOIS**

COMMISSAIRE-PRISEUR

MM. PAULME & LASQUIN

EXPERTS

CATALOGUE

DE

PORCELAINES ET JADES

JOLIES PIÈCES

en Bois et Ivoire sculptés, Bronze, Argent, Cuivre émaillé

des XIIIᵉ, XVIᵉ et XVIIIᵉ siècles

MÉDAILLON EN TERRE CUITE DE NINIE

OBJETS DE VITRINE

ARGENTERIE — BIJOUX

MEUBLES

dont la vente aux enchères publiques aura lieu

HOTEL DROUOT — SALLE Nº 7

Le Mercredi 27 Décembre 1905

A 2 HEURES

~~~~~~~~~~

Mᵉ Gaston **FRANÇOIS**	MM. **PAULME & LASQUIN**
Commissaire-Priseur	Experts
23, Rue Le Peletier, 23	*10, rue Chauchat et rue Laffitte, 12*

~~~~~~~~~~

EXPOSITION PUBLIQUE

Le Mardi 26 Décembre 1905, de 1 h. 1/2 à 5 h. 1/2

D.05412

CONDITIONS DE LA VENTE

La vente sera faite au comptant.

Les acquéreurs payeront *dix pour cent* en sus des enchères.

L'exposition permettant au public de se rendre compte de l'état et de la nature des objets, il ne sera admis aucune réclamation une fois l'adjudication prononcée.

PARIS. — IMP. C. CHAUFOUR, 8 & 10, RUE MILTON

DÉSIGNATION

PORCELAINES, FAÏENCES

JADES, MATIÈRES DURES, TABATIÈRES DE LA CHINE EN MATIÈRES VARIÉES

1 — Deux petits vases en ancienne porcelaine de Chine Kien-Long, à décors d'oiseaux et de feuillages.

2 — Petit vase à long col, ancienne porcelaine de Chine Kien-Long, à décors de fleurs bleues.

3 — Vase en ancienne porcelaine de Chine à décors de personnages, famille verte.

4 — Une tasse en ancienne porcelaine de Chine, famille rose, à décors de personnages et arbustes.

5 — Deux petits pots en ancienne porcelaine de Chine, Kien-Long.

6 — Vase en vieux Chine, à décors de personnages.

7 — Six cendriers en ancienne porcelaine de Chine, famille verte.

8 — Crachoir en ancienne faïence fine de Perse, décoré de feuillages à reflets métalliques sur fond bleu.

9 — Crachoir de même faïence ancienne de Perse, de forme analogue, avec godrons à la panse; décor à reflets métalliques sur fond blanc.

10 — Deux petits vases de pharmacie en ancienne faïence italienne, de Faenza, à décor de fleurs et glands de chêne sur fond bleu.

11 — Tasse avec couvercle et soucoupe en ancienne porcelaine du Japon, décor à fleurs rouge et or.

12 — Quatre assiettes en porcelaine du Japon, à décor rouge et or, et un sucrier avec couvercle et plateau et ancienne porcelaine de la Compagnie des Indes.

13 — Huit assiettes en ancienne faïence du temps de la Révolution.

14 — Un plat et deux assiettes ancienne faïence de Rouen, l'une à la corne.

15 — Plat rond en ancienne faïence de Rouen, décor à la pagode.

16 — Un plateau en ancienne faïence italienne de Nove, et une assiette en ancienne faïence de Castelli.

17 — Compotier rond en ancienne faïence de Moustiers, à décor de Bérain en bleu.

18 — Deux plats de forme hexagonale en ancienne faïence de Moutiers, à décor de Bérain en bleu.

19 — Deux plats et une assiette en ancienne faïence de Moustiers.

20 — Hanap et petit vase en ancienne porcelaine de Rouen, décor bleu.

21 — Jardinière en ancienne faïence de Moustiers, décor camaïeu vert.

22 — Saladier en ancienne faïence de Nevers, à décor représentant saint Denis et des trophées d'instruments champêtres en bleu, porte l'inscription : *Denis, 1720. Mouton.*

23 — Porte huilier en faïence avec ses burettes.

24 — Sucrier avec couvercle et plateau en porcelaine de Strasbourg, à décor de fleurs.

25 — Tasse et soucoupe en ancienne porcelaine de Boissette, à décor œil de perdrix or sur fond blanc avec médaillon en réserve sur la tasse et la soucoupe, représentant des enfants et Vénus sur des nuages.

26 — Assiette en ancienne porcelaine de Vienne, à décor de fleurs, et une bonbonnière en émail chinois, et trois patères en porcelaine figurant des têtes de chiens et sangliers.

27 — Quinze manches d'ombrelle en porcelaine à décor de fleurs.

28 — Huit manches de couteaux en porcelaine de Saxe et une petite boîte avec couvercle en porcelaine tendre blanche.

29 — Dix pommes de canne en porcelaine décor de branchages avec oiseaux et un cendrier en émail.

30 — Vase de forme balustre en porcelaine de Chine, décor de fleurs en couleurs.

31 — Un vase de forme sphérique avec couvercle à décor en relief, couleur rouge et verte, et une coupe en porcelaine de Chine.

32 — Bol en porcelaine de Chine époque Khmer à décor de divinités indoues en réserve sur fond noir.

33 — Un bol, une tasse et soucoupe en porcelaine de Chine à décor de dragons en bleu.

34 — Plateau en ancien émail chinois à décor de branchages fleuris sur fond bleu.

35 — Saladier en porcelaine de Chine à décor de dragon en bleu.

36 — Potiche en porcelaine de Chine à décor bleu et blanc.

37 — Sept pièces faïence et porcelaine de Chine et Boissette.

39 — Deux grandes coupes sur leurs socles en faïence décorée à fond bleu. Hauteur 1 mètre environ.

40 — Plateau à piédouche.

41 — Plat long en faïence de Sinceny.

42 — Assiette en faïence de St-Omer.

43 — Plateau octogone en faïence de Rouen.

44 — Assiette en faïence de Moustiers.

45 — Assiette, Aprey.

46 — Légumier en faïence de Marseille.

47 — Deux assiettes en faïence de St-Amand.

48 — Assiette en faïence de Rouen, dessin cachemire, camaïeu bleu.

49 — Deux assiettes camaïeu bleu, à lambrequin. Ancienne faïence de Rouen.

50 — Assiette en faïence de Hannongue.

51 — Trois assiettes faïence à personnages.

52 — Assiette en faïence de Nidervillers.

53 — Plateau en ancienne porcelaine de Saxe.

54 — Pot à eau et cuvette en porcelaine.

55 — Six assiettes variées.

56 — Sept autres à décors de fleurs.

57 — Coupe en jade à dessins de lotus et boudhas.

58 — Encrier en jade en forme de lotus.

59 — Vierge chinoise en jade sur socle en bois sculpté.

60 — Vase et chimères en jade socle en bois sculpté.

61 — Pinceau de mandarin en jade.

62 — Petite plaque et deux petits cachets en jade vert.

63 — Tabatière en porcelaine peinte.

64 — Tabatière porcelaine ajourée.

65 — Petite tabatière en porcelaine de Chine.

66 — Tabatière en jade blanc.

66 *bis* — Tabatière en jade vert avec bouchon surmonté d'une petite grenouille en corail.

67 — Tabatière en jade vert du Yun-Nan.

68 — Tabatière en jade avec personnages bouchon améthyste.

69 — Tabatière en cristal de roche chevelu avec bouchon en jade vert.

70 — Tabatiere en jaspe sanguin surmonté d'un bouchon avec perle.

71 — Tabatière en jaspe sanguin.

72 — Tabatière agate noire.

73 — Tabatière en agate avec bouchon en corail.

74 — Tabatière en agate.

75 — Tabatière agate avec bouchon en corail.

76 — Tabatière agate avec bouchon en jade vert.

77 — Tabatière agate. (Cheval et singe). Bouchon en corail rose.

78 — Tabatière en agate sculptée avec bouchon en jade vert.

79 — Tabatière en cristal de roche avec bouchon en corail.

BOIS ET IVOIRES SCULPTÉS

80 — Vierge assise, tenant l'Enfant-Jésus assis sur ses genoux, en bois sculpté. XIIIe siècle.

81 — Fragment en ivoire sculpté : Sainte femme assise; au revers tête de chérubin. XVIe siècle.

82 — Volet de diptyque en ivoire sculpté représentant sous une arcature gothique: La Crucifixion. De chaque côté de la croix, la Vierge et des Saints. XIVe siècle.

83 — Petit christ en ivoire sculpté.

84 — Christ en ivoire.

85 — Deux jolies statuettes de danseur et danseuse de la comédie italienne, en bois et ivoire finement sculpté. Italie XVIIIe siècle.

Vente Guilhou.

BOITES

TERRE-CUITE, MARBRES

OBJETS DE VITRINE ET DIVERS

86 — Miniature portrait d'un militaire avec cadre en or, portant au revers l'inscription : don d'amitié et d'amour filial.

87 — Tabatière de l'Epoque Louis XVI, en cuivre doré.

88 — Boîte à mouche en ivoire sculpté xiiie siècle.

89 — Trois autres boîtes dont une avec miniature.

90 — Boîte Chantilly.

91 — Boîte Mennecy.

92 — Bonbonnière de l'Epoque Louis XVI en vernis Martin cerclé d'or avec miniature portrait de jeune femme, sur le couvercle.

93 — Bonbonnière en écaille cerclée d'or avec miniature sur le couvercle portrait de jeune femme. Epoque Louis XVI.

94 — Bonbonnière en écaille blonde incrustée d'or avec miniature, portrait de jeune femme sur le couvercle. Epoque Louis XVI.

95 — Un médaillon et une boîte en émail.

96 — Boîte à cigares en ivoire avec miniature sur le couvercle. Epoque Empire.

97 — Deux statuettes d'enfants, en marbre, xviiie siècle.

98 — Médaillon en terre cuite de Ninie. Portrait de Guy le Gentil, marquis de Paroy 1767.

99 — Coffret de forme carrée en laque imitant l'écaille avec coins en argent gravé. Travail chinois.

100 — Un cabinet japonais.

101 — Jardinière en ivoire japonais sculpté et ajouré, de forme carrée à coins arrondis ornés d'argent.

102 — Jardinière japonnaise en bois incrusté de nacre et matières dures, de forme carrée, à coins arrondis avec plaquette d'argent.

103 — Eventails à feuilles animées de personnages.

104 — Fragment d'une tête d'empereur romain, applique en calcaire.

105 — Lot d'antiquités égyptiennes, Bœuf Apis, manche d'outil, fibule à arc, munie de trois petites bossettes et une anse en fer.

106 — Deux vitraux de fenêtre.

107 — Vase en vieux cloisonné.

108 — Trois lorgnettes et trois médailles en bronze dans leurs écrins.

BRONZE, MÉTAL

ARGENTERIE, BIJOUX

109 — Christ en bronze, de Carpeaux.

110 — Christ en cuivre émaillé en partie. XIIIe siècle.

111 — Encrier en bronze patiné, soutenu par trois aigles aux ailes ouvertes ; couvercle surmonté d'une figure de guerrier debout. Italie, XVIe siècle.

112 — Hanap couvert, en argent repoussé et gravé à motifs de rinceaux, la panse ornée de godrons. Allemagne, XVIIe siècle.

113 — Deux statuettes de femmes en bronze, signé : A. GRÉVIN.

114 — Lot de bijoux en or, bagues, épingles, montre de dame, broches, boucles d'oreille, émaux, etc. (sera divisé).

115 — Montre de l'époque Louis XV, en argent dans son étui en écaille.

116 — Bracelet en or ciselé et ajouré.

117 — Bague en or ornée de deux perles et petites roses.

118 — Bague marquise en or pavée de petits brillants.

I 19 — Paire de boucles d'oreilles en or, ornées de brillants et saphyr.

120 — Bracelet en or gravé et émaillé bleu, avec améthyste. Travail indien.

121 — Bracelet gourmette en or, orné de turquoise, petites perles et roses.

122 — Bague en or avec perle et brillant.

123 — Deux chaînes sautoir en or, l'une avec perles.

124 — Deux bourses en or.

125 — Nombreuse argenterie, couverts, casserole, flambeaux de style Louis XVI, sucriers, dessous de carafe, ronds de serviettes, etc. (sera divisé).

126 — Lot de plaqué, plats, etc.

MEUBLES, TAPIS, ÉTOFFES

DENTELLES

127 — Ameublement de salon du temps de l'Empire en bois sculpté blanc en or recouvert de soie rouge brochée en couleur. Il se compose de deux canapés avec chacun deux coussins, deux bergères, six fauteuils et six chaises, soit en tout seize pièces en bon état de conservation.

128 — Commode Régence ornée de bronzes.

129 — Lit Louis XVI.

130 — Fauteuil de l'époque Louis XV en bois sculpté et laqué.

131 — Quatre chaises en bois sculpté et peint blanc de l'époque Empire.

132 — Pendule à musique en forme de vase à anses en bois sculpté et peint blanc, fin du XVIIIe siècle, sur fut de colonne cannelée en bois peint blanc.

133 — Deux glaces, cadres bois sculpté et doré.

134 — Voile en point d'Angleterre.

135 — Lot de dentelles blanches de Valencienne, application et autres, coupes et mouchoirs.

136 — Lot de dentelles noires de Chantilly.

137 — Garde-robe lingerie.

138 — Lot de dentelles et guipures.

139 — Deux tapis de table en étoffe brodée d'or. Travail chinois.

140 — Costume de danseuse russe avec souliers et coiffure.

141 — Nape russe brodée de laine rouge.

142 — Une carpette orientale.

143 — Une robe japonaise en soie noire brodée d'or.

144 — Objets omis.

www.ingramcontent.com/pod-product-compliance
Lightning Source LLC
LaVergne TN
LVHW012155170726
843503LV00009B/4187